UNA COLECCIÓN PARA KATE

Escrito por Barbara deRubertis
Ilustrado por Gioia Fiammenghi
Adaptación al español por Alma B. Ramírez

Kane Press, Inc.
New York

Book Design/Art Direction: Roberta Pressel

Library of Congress Cataloging-in-Publication Data

DeRubertis, Barbara.
    A collection for Kate/by Barbara deRubertis; illustrated by Gioia Fiammenghi.
      p. cm. — (Math matters. Level 3)
    Summary: As she adds up the items in the collections that some of her classmates bring to school, Kate tries to come up with a collection of her own that has enough items for her to share.
    ISBN-13: 978-1-57565-240-5 (pbk. : alk. paper)
    ISBN-10: 1-57565-240-4 (pbk. : alk. paper)
    [1. Collectors and collecting—Fiction. 2. Addition—Fiction. 3. Schools—Fiction.]
    I. Fiammenghi, Gioia, ill. II. Title. III. Series.
PZ7.D4475Co 1999
[E]—dc21

98-51116
CIP
AC

10 9 8 7 6 5 4 3 2 1

First published in the United States of America in 1999 by Kane Press, Inc.
Printed in Hong Kong.

Kate se desplomó en su asiento. Frunció el ceño.

La maestra le daba a la clase un último recordatorio: —La semana entrante es la semana de las colecciones. Si se anotaron para mostrar su colección, ¡no se olviden de traerla el día correcto!

Primero suma las unidades
Luego, suma las decenas.
Debes reagrupar cuando
tengas diez.

$$\begin{array}{r} 27 \\ +35 \\ \hline 2 \end{array}$$

Kate miró el calendario de reojo. Se había anotado para el jueves.
El problema era que ella no tenía ninguna colección. Y le quedaba menos de una semana para obtener una. —¡Ay, cielos! —dijo en voz baja.

La fecha para anotarse había pasado hacía
semanas. Muchos chicos se habían apresurado
para escribir sus nombres en el calendario, así que
Kate hizo lo mismo. Parecía que tendría
BASTANTE tiempo para obtener una colección.
Ahora el tiempo se le había acabado.

Kate se pasó la mayor parte del fin de semana buscando una colección. Buscó en su armario, en sus cajones, y en su caja de cachivaches. Buscó encima del estante de libros. Buscó debajo de su cama.

Kate tenía un poco de esto y un poco de aquello, pero no tenía mucho de la misma cosa. ¿Cuánto de una cosa necesitaba para tener una colección?

Decidió esperar para ver que traerían los demás chicos.

El lunes por la mañana, Joseph fue el primero en mostrar su colección. Tenía dos bolsas LLENAS de libros. ¡Apenas los podía cargar todos!

—Yo colecciono libros acerca de reptiles —dijo. Primero mostró 9 libros acerca de las víboras. Entonces, mostró 5 libros acerca de las lagartijas. Kate los sumó en su mente.

LAS VÍBORAS DE SUDAMÉRICA

VÍBORAS DE CASCABEL

COBRAS

VÍBORAS

PITONES

LAS VÍBORAS DE NORTEAMÉRICA

VÍBORAS DEL JARDÍN

CUENTOS DE VÍBORAS

VÍBORAS GIGANTES

"Cielos," pensó. Yo no tengo 14 de ninguna cosa.

Luego, siguió Emma. Apenas podía esperar para mostrar su colección.

—Yo colecciono dos tipos de imanes —dijo. Tenía 13 imanes en forma de animal, incluyendo una girafa y una zebra. Y tenía 11 imanes en forma de comida, entre ellos, una rebanada de pizza y una galleta con mermelada en el centro. La galleta parecía ser tan rica como para comérsela.

Kate escribió 13 y 11. ¡Ahora tenía que sumar números de 2 dígitos!

Ya sabía que esa iba a ser una suma grande.

Kate se quejó: —Yo definitivamente no tengo 24 de ninguna cosa.

Esa noche, Kate buscó por toda la casa. Encontró poco de esto: cuatro libros viejos acerca de caballos. Encontró poco de aquello: cinco imanes en el refrigerador. Pero no encontró mucho de nada.

13

El martes, Ben mostró su colección de conchas. Tenía tres cajas LLENAS de conchas de mar. La primera caja contenía 15 conchas de un viaje a la Florida. La segunda caja contenía 10 conchas de un viaje a California. Y la tercera caja contenía 5 conchas enviadas por su abuela desde Hawai.

Ben mostró diferentes tipos de conchas. Mientras tanto, Kate rápidamente sumó los números en su mente. Eran fáciles de sumar: 15 más 10 es igual a 25, más 5 hacen 30.

¡Treinta! ¡Las colecciones iban
aumentando de tamaño! Y el problema de
Kate también. Claro, tenía algunas conchas.
Pero seis conchas NO eran suficientes para
formar una colección.

Seguía Joan. "Ella es siempre tan presumida," pensó Kate. "Pero, sólo tiene una caja. Tal vez . . .

—Mi familia tomó un paseo laaaargo el verano pasado —empezó Joan—. Compré tarjetas postales en todos los lugares que visitamos. Así que tengo MUCHAS tarjetas postales en mi colección.

19

Joan contó las tarjetas postales. Kate
pensó que nunca terminaría de contar.

Tenía 11 tarjetas postales de Colorado,
13 de Nuevo México y 15 de Arizona.

Kate escribió los números. "Hmmm . . .
cada uno de estos números es mayor que
10," pensó. "¡Así que la suma debe ser más
que 30!"

—¡Treinta y nueve! —Kate tragó saliva—.
¡O, cielos!

Era todo lo que pudo decir.

Esa noche, Kate encontró dos tarjetas postales viejas en un cajón. Encontró otra entre los cojines del sofá. Y Papá le dio una que había llegado por correo. Cuatro tarjetas postales. ¡Gran cosa!

Entonces Kate puso sus 6 conchas en una caja. Era una caja chica.

—O, cielos —murmuró Kate.

El miércoles, Rachel mostró su colección
de puercos. ¡Era enorme! Su mamá le tuvo
que ayudar a cargar las seis cajas de
zapatos llenas de puercos.

Las cajas contenían 10 puercos de madera, 12 puercos de vidrio, 16 puercos de metal, 4 puercos de plástico, y 7 puercos de peluche. Todos dijeron —¡Ah! Rachel sonreía. Pero Kate no.

Kate se agitaba y farfullaba. Rachel tenía tantos puercos. ¡Kate tuvo que reagrupar los números para encontrar la suma!

Miró fijamente al número. "¿Será correcto?", se preguntó. Era un número tan GRANDE. Quizás había cometido un error.

"Será mejor que revise esta suma en mi calculadora," pensó Kate. Oprimió las teclas de los números.

Ahí estaba otra vez: 49.

—Me siento mal —gruñó—. Tal vez no pueda asistir a la escuela mañana.

Esa noche, Kate observó todas las cosas que había encontrado. Tenía un poco de esto y otro poco de aquello, pero no tenía mucho de la misma cosa.

Kate arregló todos los grupos pequeños en su cama.

Tenía 4 libros acerca de caballos.

Tenía 5 imanes, 6 conchas, y 4 tarjetas postales.

No tenía puercos.

Sí tenía 3 ranas y 5 ositos de peluche.

Poco a poco, Kate empezó
a sonreír. "¡Eso es!" pensó.
Entonces empacó todo
lo que estaba sobre
su cama.

29

Al día siguiente en la escuela, Kate sacó sus cosas. Todos observaron. Nadie dijo nada.

Al fin, su maestra habló: —¿Qué es lo que coleccionas, Kate? —preguntó.

Kate sonrió orgullosamente: —¡Yo colecciono COLECCIONES! —dijo.

—¡Buena onda! ¡Qué buena idea! —dijeron los chicos.

LIBROS DE CABALLOS DE KATE

—¡Qué bien, Kate! —dijo su maestra—. Supongo que no quisiste coleccionar sólo una cosa.

—Correcto —dijo Kate—. Para mí, eso no cuadraba.

IMANES DE KATE

POSTALES DE KATE

RANAS KATE

CONCHAS DE KATE

GRÁFICA DE LA SUMA

Aquí hay algunas maneras de sumar.

1. Cuenta hacia adelante.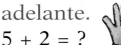
5 + 2 = ?

5 más 1 son 6 y 1 más son 7

2. Usa dobles. 5 + 6 = ?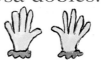

5 más 5 son 10 y 1 más son 11

3. Usa un hecho relacionado. 2 + 8 = ?

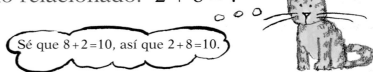

Sé que 8 + 2 = 10, así que 2 + 8 = 10.

4. Cuenta salteado.

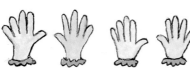 

5, 10, 15, 20   or   10, 20

5. Encuentra y usa un patrón.

20 + 10 = 30	70 + 10 = 80	40 + 10 = 50
30 + 20 = 50	40 + 50 = 90	70 + 30 = 100

6. Usa esta regla para sumar números de 2 dígitos.

Primero suma las unidades. Luego las decenas.

Debes reagrupar cuando llegues a diez.

$$\begin{array}{r} 14 \\ 23 \\ +\ 41 \\ \hline 78 \end{array} \qquad \begin{array}{r} 1 \\ 36 \\ +\ 48 \\ \hline 84 \end{array} \qquad \begin{array}{r} 52 \\ +\ 96 \\ \hline 148 \end{array} \qquad \begin{array}{r} 1 \\ 85 \\ +\ 39 \\ \hline 124 \end{array}$$

No reagrupar   Reagrupar las unidades   Reagrupar las decenas   Reagrupar las unidades y las decenas

3